a Monsieur L'abbé Sallier

Par son très humble
et très obeissant serviteur R

Ye

1549

LE RETOUR

DU ROY.

DIVERTISSEMENT.

LES PAROLES font de *M. Roy*, *Chevalier*
de l'Ordre de *S. Michel.*

LA MUSIQUE de M.rs REBEL & FRANCOEUR,
Surintendans de la Mufique de SA MAJESTE'.

LE RETOUR
DU ROY.
DIVERTISSEMENT.

MARS, LE GENIE *de la Ville de Paris.*

MARS.

GENIE * heureux , dont la puiſſance

Entretient dans ces murs l'abondance & la paix ,

D'un Monarque adoré vous déplorez l'abſence,

* ROME étoit déſignée dans les Médailles par un Génie, ſous la figure d'un jeune Homme, rendant hommage à l'Empereur, avec ces mots : *Conſervatori Urbis æternæ,*

LE GENIE.

Sur ſes peuples nouveaux qu'il verſe des bienfaits,
Mais qu'il nous rende ſa préſence.
Des triomphes les plus beaux
Ai-je pu gouter les charmes?
Les prodiges de ſes Armes
M'annonçoient des périls nouveaux.

MARS.

Reſpirez, Mars vous le ramene.

LE GENIE.

Ah! Je dois à ce prix vous pardonner ma peine.
Tandis que de mon Maître & le guide & l'appui,
Vous lui vendiez ſi cher l'honneur de la victoire,
J'oſois preſque, en ſecret, vous reprocher ſa gloire.

MARS.

Il la doit à lui ſeul, je n'ai rien fait pour lui.
Il prévint mes leçons au grand art de la guerre,
Son active ſageſſe a fixé le bonheur.

LE GENIE.

Au moins de ſes Guerriers excitiez-vous l'ardeur,
Et ſans ceſſe en leurs mains rallumant le tonnerre . . . .

MARS.

Au Héros qu'ils fuivoient ils doivent plus qu'à moi.

Que l'efpoir d'un grand nom, l'amour de la Patrie
Ait rendu des Mortels incapables d'effroi,
Que Rome par fes Dieux infpirée, aguerrie
    A l'Univers ait impofé la loi ;
Ces divers intérêts, dont l'audace eft nourrie ;
Le François les voit tous raffemblés dans fon Roi.

LE GENIE.

Notre amour pour nos Rois parle fur ces rivages.
Aux derniers Souverains, que le Ciel fit pour nous,
Sur le bronze immortel j'ai tracé nos hommages.
Les noms de GRAND, de JUSTE, ont orné leurs images ;
A ces titres LOUIS en ajoûte un plus doux,
Plus flateur, dont il veut que fon Fils foit jaloux.

ENSEMBLE.

    Que tout célébre fa Victoire ;
Publions fes travaux, fa bonté, fa valeur :
    MARS { L'Univers doit chanter fa gloire,
LE GENIE. { Chantons notre bonheur.

MARS.

L'Efcaut m'appelle fur fa rive ,

Mais je veux de ce jour partager les douceurs ;

Et je pars pour nourrir la flâme pure & vive ,

Que l'afpect du HEROS allumoit dans les cœurs.

LE GENIE.

Habitans tranquilles

De ces doux afiles ,

Formez mille jeux divers.

A la tendreffe

De vos concerts

Joignez l'effor de l'allegreffe.

UN HABITANT.

Régnez plaifirs , régnez, ranimez ce féjour,

Le Vainqueur loin de nous écarte les tempêtes.

Tant de fois réveillés au bruit de fes Conquêtes,

Nous avons à l'envi fignalé notre amour;

Mais le moment de fon Retour

Eft la plus belle de nos Fêtes.

Entrée des
bitans de
is.

LE GENIE.

Des regards de notre Maître
L'on voit renaître
Les Ris, les Jeux :
Sans lui serions-nous heureux,
Et sans nous croiroit-il l'être?

De tous les soins qu'il a pris
Sentons le prix.
Vive LOUIS,
Vive son Fils.

MARS.

Votre Maître est votre Pere,
L'Europe entiere
Craint ce Héros:
Jaloux de votre repos,
Au triomphe il le préfere.

Répondez, peuples chéris,
Par mille cris,
Vive LOUIS,
Vive son Fils.

L'Habitant.

A l'amour , qu'en cet Empire .

Chacun respire

Avec le jour ,

LOUIS donne un doux Retour ,

Il sent ce qu'il nous inspire.

Que de nos cœurs attendris

Naissent ces cris ,

Vive LOUIS ,

Vive son Fils.

MARS.

Lorsque la reconnoissance

Fit la puissance

Des premiers Rois ,

LOUIS eût été par choix

Ce qu'il est par la naissance.

C'est par lui seul que nos Lis

Sont embellis.

Vive LOUIS ,

Vive son Fils.

L'Habitant.

Tout état, tout rang, tout âge
Lui rend l'hommage
Le plus flateur:
Pour exprimer tant d'ardeur,
Le cœur a plus d'un langage:

Tous les échos de Paris
Rendent ces cris,
Vive LOUIS,
Vive son Fils.

Le Genie.

Famille augufte, & chérie,
Dont la Patrie
Fait son bonheur,
Un Pere, un Epoux vainqueur
Vous rend la joie & la vie,

Et c'eft à vous, que Paris
Offre ces cris,
Vive LOUIS,
Vive son Fils.

Permis d'imprimer, ce deux Septembre mil sept cent quarante-cinq.
Signé, DE BERNAGE.

De l'Imprimerie de P. G. Le Mercier, Imprimeur-Libraire ordinaire de la Ville,
rue S. Jacques, au Livre d'Or. 1745.